¡Tiemblen, dragones!

Dirección editorial: Antonio Moreno Paniagua
Gerencia editorial: Wilebaldo Nava Reyes
Coordinación de la colección: Karen Coeman
Cuidado de la edición: Pilar Armida y Obsidiana Granados
Supervisión de arte: Alejandro Torres
Diseño de portada: Gil G. Reyes
Formación: Zapfiro Design
Traducción: Pilar Armida

¡Tiemblen, dragones!

Título original: *The Paper Bag Princess*

Texto D.R. © 1980, Robert Munsch
Ilustraciones D.R. © 2008, Juan Gedovius

Editado por Ediciones Castillo por acuerdo con Annick Press,
Ontario L4B 1H1, Canadá.

Primera edición: enero de 2008
Cuarta reimpresión: octubre de 2010
D.R. © 2008, Ediciones Castillo, S.A. de C.V.
Insurgentes Sur 1886, Col. Florida,
Del. Álvaro Obregón,
C.P. 01030, México. D.F.

Ediciones Castillo forma parte
del Grupo Macmillan

www.grupomacmillan.com
www.edicionescastillo.com
infocastillo@grupomacmillan.com
Lada sin costo: 01 800 536 1777

Miembro de la Cámara Nacional
de la Industria Editorial Mexicana.
Registro núm. 3304

ISBN: 978-970-20-0976-4

Impreso en México/*Printed in Mexico*

Robert Munsch

Ilustraciones de Juan Gedovius

¡Tiemblen, dragones!

Castillo de la lectura

Elizabeth era una hermosa princesa. Vivía en un castillo enorme y tenía muchos vestidos elegantes.

Además, pronto se casaría
con su novio, el príncipe
Ronaldo.

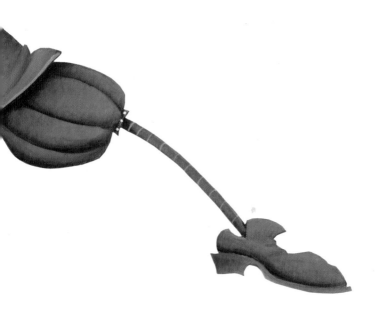

Por desgracia, un dragón destruyó su castillo, quemó todos sus vestidos y se llevó al príncipe Ronaldo.

Elizabeth decidió ir tras el dragón para rescatar a su novio.

Pero antes necesitaba encontrar qué ponerse.

Buscó por todos lados, y lo único que encontró fue una bolsa de papel.

Elizabeth se la puso y partió en busca del dragón.

Fue muy fácil seguirlo.

Sólo tuvo que seguir su
rastro por los bosques
quemados.

Después de un largo rato,
Elizabeth llegó a una cueva con
una gran puerta y un aldabón
enorme.

Elizabeth tomó el aldabón
y tocó tres veces:

¡BANG, BANG, BANG!

El dragón asomó la nariz por la puerta
y dijo:

—¡Vaya! ¡Una princesa! Me encanta
comer princesas, pero hoy ya me comí
un castillo entero. Soy un dragón muy
ocupado. Regresa mañana.

Azotó la puerta tan fuerte, que Elizabeth
por poco se queda sin nariz.

Elizabeth tomó el aldabón y llamó
de nuevo a la puerta:

¡BANG, BANG, BANG!

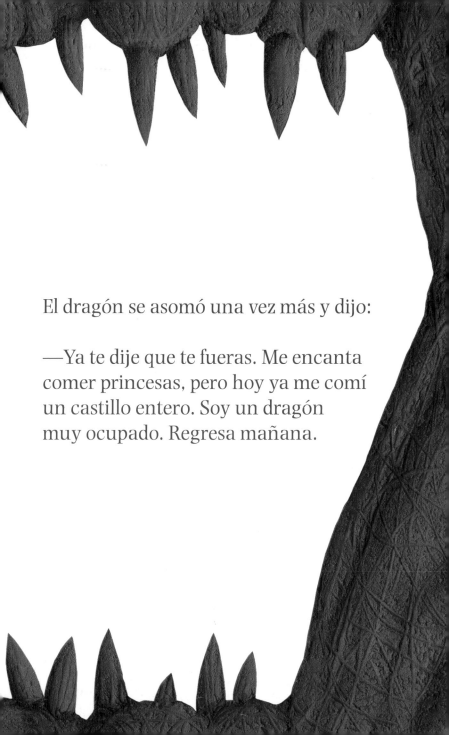

El dragón se asomó una vez más y dijo:

—Ya te dije que te fueras. Me encanta comer princesas, pero hoy ya me comí un castillo entero. Soy un dragón muy ocupado. Regresa mañana.

—¡Espera! —exclamó Elizabeth—.
¿Es cierto que eres el dragón más listo
y más feroz del mundo entero?

—Sí —dijo el dragón.

—¿Es cierto —preguntó Elizabeth— que puedes quemar hasta diez bosques con tu aliento de fuego?

—Desde luego —contestó.

El dragón tomó una gran bocanada de aire. Lanzó una llamarada que quemó no sólo diez, sino cincuenta bosques.

—¡Fantástico!
—dijo Elizabeth.

El dragón tomó otra gran
bocanada de aire y lanzó
tanto fuego, que quemó
otros cien bosques.

El dragón volvió a tomar
aire...

... pero esta vez no salió nada.

El dragón no tenía fuego
ni para asar una salchicha.

Elizabeth dijo:

—Oye, dragón, ¿es cierto que puedes volar alrededor del mundo en tan sólo diez segundos?

—Por supuesto
—le contestó.

El dragón tomó vuelo,
dio un gran brinco
y se elevó por los aires.

Dio la vuelta
al mundo en sólo
diez segundos.

El dragón regresó muy cansado, pero
Elizabeth gritó:

—¡Fantástico! ¡Hazlo otra vez!

El dragón se elevó de nuevo por los aires
y dio la vuelta al mundo en tan sólo
veinte segundos.

Cuando regresó, estaba tan cansado que se acostó en el piso y se quedó profundamente dormido.

Elizabeth se acercó al dragón y le susurró suavemente:

—Oye, dragón...

Pero el dragón no se movió ni un poquito.

Elizabeth levantó la oreja del dragón y metió su cabeza dentro.

Entonces gritó tan fuerte como pudo:

—¡OYE, DRAGÓN!

El dragón estaba tan cansado, que
ni se inmutó.

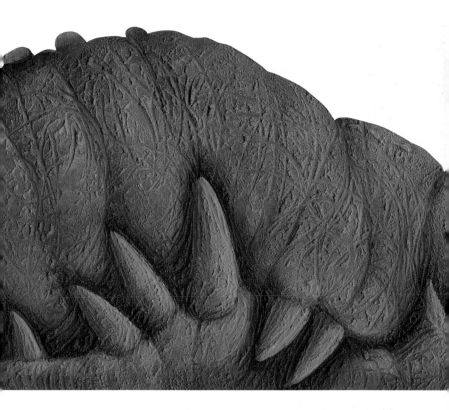

Elizabeth pasó por encima del dragón
y abrió la puerta de la cueva.

Ahí estaba el príncipe Ronaldo.

Cuando la vio, el príncipe dijo:

—¡Elizabeth! ¡Estás hecha un desastre!
Hueles a ceniza, tu pelo es un asco y
vienes vestida sólo con una vieja y sucia
bolsa de papel. Ni pienses que te dejaré
rescatarme en esas fachas. Regresa
cuando parezcas una princesa de verdad.

—Ronaldo —respondió Elizabeth—, tu ropa es muy elegante y estás muy bien peinado. Pareces un verdadero príncipe, pero en realidad eres un patán.

Después de todo, Elizabeth y Ronaldo
no se casaron.

Impreso en los talleres de
Editorial Impresora Apolo, S.A. de C.V.,
Centeno 150, local 6, Col. Granjas Esmeralda,
México, Distrito Federal.
Octubre de 2010.